Marie et Joseph

Pas de bagne pour Foufouille

Illustration de couverture
Antonin Louchard

LES MINI SYROS

Joseph (Pierre Mezinski). Lorsqu'il naquit, un matin de juillet, la fée qui se pencha sur son cas décida : « Tu aimeras la musique, la poésie, la route, les dictionnaires, les cailloux, les cerises et les prunes qu'on mange chaudes sur l'arbre ; tu joueras du banjo et de la *steel-guitar*, tu écriras des chansons et des livres au point de vivre de ta plume ; tu auras le prix Populiste, en 1992, pour un roman historique intitulé *Simon Rouverin, le forçat du canal.* Mais comme il faut dans tout pied une épine, tu ne sauras jamais conduire. »

Marie (Corinne Bouchard). Lorsqu'elle naquit, un après-midi de novembre, la même fée était de service. Elle dit : « Tu aimeras le dessin, l'humour, les chats et les livres qui tiennent dans la poche. Tu deviendras professeur, et tu tireras de cette expérience un essai cocasse intitulé *La vie des charançons est assez monotone.* Auparavant, tu auras publié avec Pierre Mezinski, sous le pseudonyme de Marie et Joseph ; des romans à la Série noire et des histoires pour les enfants ; lorsqu'on vous demandera pourquoi vous écrivez ensemble, vous direz qu'une fée vous a faits frère et sœur d'imagination, mais personne ne voudra le croire.

Catalogage Electre-Bibliographie
Marie et Joseph – Pas de bagne pour Foufouille
Paris : Syros, 2002 (Mini Souris noire ; 76). ISBN : 2-7485-0022-9
Dewey : 811.5 (Albums et fiction. Romans. Aventure et voyages)
Public concerné : Bons lecteurs (à partir de 8 ans)

1

Depuis l'ouverture de la piscine à Saint-Sauvage, le bourg proche de notre village, mon petit frère Foufouille fait de la natation et va s'entraîner deux fois par semaine. Papa trouve que ça lui réussit, et c'est vrai, Foufouille est bien plus calme après ses entraînements.

Le seul problème, c'est qu'il est tout le temps à essayer de nous fourguer des billets pour une tombola organisée par son club : il a déjà réussi à m'en vendre quatre, et pourtant ça ne m'intéresse pas du tout de gagner un four à micro-ondes ou un robot ménager ! Mais comme la tombola doit servir à financer un déplacement de son équipe de natation à l'étranger, Foufouille ne pense plus qu'à ça.

Et voilà que tout à l'heure, il est rentré de la piscine avec sa figure à l'envers des grandes catastrophes. Il a essayé de filer tout droit dans notre chambre, mais j'avais tout de suite vu qu'il se passait quelque chose et je l'ai suivi.

— Qu'est-ce qui t'arrive ?

— Rien !

— Dis-le-moi ! Je vois bien qu'il y a quelque chose !

— Y a rien ! répète Foufouille, et pour mieux le prouver, il se met à pleurer. Comme je connais mon petit frère, j'ai attendu un peu avant de poser des questions, et quand j'ai su ce qui lui était arrivé, j'ai compris pourquoi il était dans tous ses états : monsieur Gris, le maître-nageur qui entraîne le club de natation, l'avait accusé d'avoir volé cent francs dans la cagnotte de la tombola !

— Mais pourquoi toi ?

— Parce que... parce que... Tu sais bien pourquoi ! crie Foufouille, et le voilà reparti comme une fontaine.

Il avait raison, je savais pourquoi : il y a quelque temps, Foufouille a traversé une mauvaise période où il n'arrêtait pas de faucher des trucs*. Jamais d'argent, rien que des bricoles, mais ça s'est su ; depuis, dès que quelque chose disparaît dans les parages de Foufouille, c'est lui qu'on accuse. Moi, je suis sûr qu'il n'a plus recommencé, mais je suis bien le seul.

— Tu devrais avoir l'habitude ! C'est pas une raison pour en faire une telle histoire...

* Voir *Le mariage de Cornin Bouchon.*

— Si ! crie Foufouille. Parce que, cette fois, c'est pas pareil !

Il a réussi à me raconter ce qui s'était passé sans rouvrir les écluses. Je l'ai écouté en notant tout bien dans ma tête, et quand il a eu fini, j'étais bien décidé à résoudre le mystère pour en finir avec ceux qui traitent mon petit frère de voleur.

Le problème, c'est que toutes les apparences étaient contre Foufouille. Même sans sa réputation, tout le monde l'aurait soupçonné : alors forcément, monsieur Gris, l'entraîneur, n'avait jamais voulu croire à son innocence.

Les faits se présentaient ainsi : depuis que le club avait lancé cette fameuse tombola, les membres de l'équipe vendaient des billets pendant la semaine et, le jour de l'entraînement, ils rapportaient à monsieur Gris l'argent qu'ils avaient récolté.

— D'habitude, m'explique Foufouille, monsieur Gris nous attend à la caisse de la piscine. On lui donne notre carnet à souches et l'argent des billets qu'on a vendus, il vérifie le compte pendant qu'on se change dans les vestiaires. En général, il y a surtout des pièces, mais cette fois, il y avait aussi plusieurs billets de cent francs, qu'il a mis dans la boîte à gâteaux...

Une fois que monsieur Gris avait fini son pointage, l'argent restait dans la boîte, et la boîte à la caisse de la piscine. Comme la piscine n'était pas ouverte au public pendant les heures d'entraînement du club, cette caisse restait sans surveillance jusqu'au départ de l'équipe.

— Alors, tous ceux qui le savent pourraient piocher dedans ! dis-je à Foufouille comme il m'expliquait ces détails.

— Non, parce que, une fois qu'on est en maillot et à l'eau, personne ne revient aux vestiaires. Même si on ne nage pas, on reste au bord du bassin. Sauf moi, aujourd'hui. C'est pour ça...

La lèvre de Foufouille recommençait à

trembler. Je me suis hâté de lui poser une question afin d'éviter un nouveau déluge.

Cette fois-là, Foufouille avait joué de malchance. Il avait remis son argent à monsieur Gris, s'était déshabillé et était arrivé en même temps que les autres au bassin, mais là, au moment de se mettre à l'eau, il s'était aperçu qu'il avait oublié d'enlever sa montre. Alors il était retourné seul au vestiaire, pendant que les autres commençaient à faire des longueurs. Il avait eu tôt fait de les rejoindre, et l'entraînement s'était déroulé comme de coutume. Mais, par hasard, alors que toute l'équipe se rhabillait dans les vestiaires, monsieur Gris avait fait tomber la boîte à gâteaux qui contenait l'argent, et il s'était aperçu en recomptant les billets qu'il en manquait un.

— Sur le coup, il n'a rien dit, continue Foufouille. Il a laissé partir les autres et il m'a dit de rester, moi, et il m'a accusé d'avoir pris l'argent, il a dit que c'était forcément moi parce que personne d'autre n'était revenu dans les vestiaires, et il a dit qu'il savait qu'on disait que j'étais un voleur et qu'il n'y croyait pas mais que là il voyait bien, et qu'il fallait que je rende cet argent et que ça s'arrêterait là, mais sinon...

Foufouille parlait d'une voix de plus en plus étranglée.

— Oh ! doucement, ai-je dit. Mais tu ne lui as pas expliqué que c'était pas toi ?

— Il n'a pas voulu me croire, pleure Foufouille, et finalement il m'a mis dehors en me disant de réfléchir et de revenir pour rendre l'argent, sinon il préviendrait papa, et il a dit que de toute façon j'étais exclu du voyage !

Évidemment, c'était un désastre. J'ai conseillé à Foufouille de retourner voir monsieur Gris et d'essayer de lui parler encore. Mais il secouait la tête, des larmes pleins les yeux.

— Eh bien, dis-je, puisque c'est ça, je vais faire une enquête et quand j'aurai trouvé le vrai voleur, il verra que ce n'est pas toi !

Ce qui m'a vexé, c'est que Foufouille n'avait pas l'air d'y croire. Il faisait toujours sa mine de misère. Alors je lui ai dit de ne pas s'en faire et je l'ai bousculé et on s'est battus pour rire et après ça allait un peu mieux. Mais le plus efficace quand Foufouille a des chagrins, c'est de le laisser avec son chien. Ils se parlent tous les deux, enfin surtout Foufouille, mais Bijou l'écoute en remuant ses oreilles comme dans une vraie conversation. La raison pour laquelle je suis sûr que Foufouille ne vole plus, c'est qu'il a juré sur la tête de son chien de ne pas recommencer, et ce chien, c'est son trésor sur la terre. Bref, ils sont partis tous les deux se promener, et moi j'ai commencé à repasser dans ma tête l'histoire que Foufouille m'avait racontée. Si ce n'était pas lui le voleur et que personne n'avait pu s'approcher de cette caisse, le mystère était insoluble. Mais il devait y avoir une explication. Pour la trouver, la seule solution était d'aller enquêter sur place. J'ai décidé que j'irais faire un tour à la piscine pas plus tard que le lendemain à l'ouverture.

2

La piscine de Saint-Sauvage se trouve à l'entrée du bourg, sur la route de Saint-Benin-des-Prunes.

Il y a un parking avec un abri pour les vélos, la maison du maître-nageur sur un côté, et la piscine proprement dite : un bâtiment rectangulaire avec la caisse au milieu du hall d'entrée et deux portes donnant dans les vestiaires, côté droit pour les garçons et gauche pour les filles.

Quand j'arrive, il n'y a personne à la caisse, dans l'espèce de local vitré où madame Gris, d'habitude, vend les tickets. Profitons-en pour examiner les lieux.

Je colle mon nez à la vitre de la caisse, je vois qu'un carnet de tickets et des jetons sont restés sur le comptoir de l'autre côté. Le tiroir-caisse doit être en dessous. C'est là, sans doute, qu'était la boîte contenant la cagnotte du club... En somme, n'importe qui peut piocher dedans. Il suffit d'un instant de solitude... Si je voulais, je n'aurais qu'à ouvrir la porte et...

Oups ! Juste comme je me représente à quel point il serait facile d'entrer dans la caisse, je manque de me faire surprendre.

La porte du vestiaire de gauche s'ouvre. Une fille de quinze ans à peu près en sort et va s'asseoir au guichet, sans cesser de me regarder d'un air bizarre. M'a-t-elle vu, le nez collé à la vitre, a-t-elle cru que je voulais voler quelque chose ? Le pire, c'est que je me sens devenir tout rouge, comme un coupable. Je n'ai pourtant rien fait ! Et d'abord, qui c'est, cette fille que je n'ai jamais vue ? Elle est trop jeune pour être une vraie employée...

Je lui donne un billet de cinquante francs pour payer mon entrée, elle pousse devant moi un petit tas de ferraille et un jeton de vestiaire sans un mot. Je connais le genre : tout à fait les pétasses de troisième qui regardent les sixièmes de haut.

Dans une cabine des vestiaires, je me déshabille et j'enferme mes affaires dans un casier. Maintenant, une douche, et à l'eau !

Ce que je n'aime pas, c'est traverser le pédiluve. Après ça va. Je suis moins poisson que Foufouille, mais j'aime bien plonger et barboter. À cette heure, il n'y a presque personne dans le bassin, sauf des dames qui font de la gymnastique aquatique dans la partie où on a pied.

Je nage un peu, je plonge une ou deux fois, mais sans Foufouille, ce n'est pas drôle et j'en ai vite assez. Je vais me rhabiller, et quand je sors du vestiaire tout se complique.

Le hall d'entrée est désert, la caisse de nouveau vide. Alors, j'avise un distributeur de friandises contre un mur, j'ouvre mon sac, et je m'aperçois qu'il me manque de l'argent.

J'ai payé l'entrée avec un billet de cinquante francs, je devrais avoir trente-cinq francs, et je ne retrouve que vingt-cinq francs en piécettes diverses.

Comme je n'ai pas vérifié la monnaie que la fille m'a rendue, c'est sans doute elle qui s'est trompée tout à l'heure. Si un voleur avait fouillé dans mes affaires pendant que je me baignais, il aurait sûrement tout pris...

Je suis plongé dans ces réflexions quand la fille surgit encore une fois dans le hall, pour me dévisager de son regard froid. On reste un instant à se toiser et je lui lance :

— Tu es sûre de m'avoir rendu le compte tout à l'heure ?

— Il te manque du fric ? fait-elle, l'air pas vraiment surpris.

— Dix francs.

— Tu les as peut-être perdus.

— Je ne vois pas comment.

— Si on savait comment on perd les choses, on ne perdrait jamais rien, dit-elle tranquillement. Tu veux retourner voir s'ils sont tombés dans la cabine au vestiaire ?

Elle ne cherche même pas à cacher qu'elle se moque de moi. Inutile de discuter davantage. Je suis presque sûr qu'elle a fait exprès de se tromper en me rendant la monnaie. Si je l'avais remarqué sur le coup, elle aurait réparé l'erreur ; mais si ça avait marché, si j'avais quitté la piscine sans rien voir, elle était tranquille : je ne risquais pas de revenir réclamer dix francs que j'aurais pu perdre n'importe où...

Or, plusieurs fois dix francs, piqués à des personnes différentes, ça finit par faire des sommes intéressantes... Je regarde la fille, sûr d'avoir trouvé la voleuse de la piscine. Ce n'est pas grâce à un raisonnement, c'est à cause de son regard, de son air de me narguer, d'être là comme chez elle...

Seulement, que faire, maintenant ? Je vais trouver monsieur Gris, je lui raconte tout, en espérant qu'il me croira sur parole ? Mais, même s'il me croyait... je ne peux pas faire ça, je ne me vois pas aller dénoncer quelqu'un contre qui je n'ai aucune preuve.

Le pire, c'est qu'elle le sait, elle sait que je sais qu'elle m'a volé mes dix francs et que je ne dirai rien, comme si j'avais honte à sa place ; finalement, c'est moi qui détourne les yeux, qui ramasse mon sac, qui fiche le camp.

Seulement, arrivé pas fier à mon vélo, je ne me décide pas à partir. D'accord, comme on dit en justice, j'ai l'intime conviction d'avoir trouvé la voleuse. Mais ce n'est pas ça qui va établir l'innocence de Foufouille. Que faire ?...

3

Au lieu d'enfourcher mon vélo, je reviens sur mes pas et je m'arrête, indécis, avant d'arriver à la porte vitrée. Elle est restée ouverte ; sans qu'on me voie, j'entends une conversation à l'intérieur qui me fige sur place.

Ce sont les voix de la fille et de monsieur Gris. Il lui demande :

— Comment ça, tu crois que tu as fait une erreur ?

— Faudra pas s'étonner s'il manque de l'argent en caisse ce soir, répond la fille. Le gamin qui est sorti m'a soutenu que je m'étais trompée en lui rendant la monnaie... Qu'il m'avait donné un billet de cent, pas de cinquante... Moi, je savais plus... Il a tellement insisté que je lui ai filé ses cinquante balles, mais en fait, je suis sûre qu'il m'a bobardée...

Alors là, mon sang n'a fait qu'un tour ! Me faire tirer dix balles, passe, me faire traiter de voleur par-dessus le marché, c'est trop ! Je n'ai pas pris le temps de réfléchir, j'ai poussé la porte tout bouillant de colère. La fille, je dois dire, a fait une drôle de tête en me voyant arriver, mais elle s'est reprise très vite et elle a même eu le culot de dire :

— Tu as *encore* perdu quelque chose ?

Monsieur Gris a compris qu'elle venait de parler de moi. Alors il a eu une parole malheureuse :

— Décidément, c'est de famille !

J'ai tout de suite compris ce qu'il voulait dire : que Foufouille était un voleur et moi aussi. Et c'était tellement injuste que je me suis trouvé à lui débiter toute l'histoire, depuis Foufouille en larmes jusqu'à cette fille qui m'avait volé dix francs, et qui avait en plus le toupet de m'accuser dès que j'avais le dos tourné. Et en parlant, j'avais l'impression d'être tout brillant de justice.

Quand j'ai eu fini, la fille faisait un drôle de nez et monsieur Gris la regardait, l'air anxieux. Mais elle crânait toujours, et j'ai compris qu'elle n'avouerait jamais à moins d'être prise la main dans le sac... Alors, en fait de sac, j'ai remarqué qu'elle avait, pendu au cou, une espèce de petit porte-monnaie en forme de tête de chat.

Une idée fulgurante m'a traversé l'esprit et j'ai lancé :

— Regardez les billets de cinquante francs dans la caisse.

Monsieur Gris a eu l'air surpris.

— Pour quoi faire ?

— Je vous dirai après. Regardez si vous ne remarquez pas quelque chose sur un billet de cinquante francs.

Monsieur Gris a ouvert le tiroir.

— Aucun billet de cinquante. À quoi tu joues ?

— Tout à l'heure, j'ai payé avec un billet de cinquante francs. Comme il n'est plus dans la caisse et qu'elle ne me l'a pas rendu, je parie qu'il est... là.

Je montrais le porte-monnaie en forme de tête de chat de la fille. Elle a sursauté et m'a jeté un regard haineux.

— Il se trouve que j'ai un billet, oui, et alors ?

— Alors montre-le. Qu'on voie s'il n'y a pas un graffiti dessus, comme sur celui dont je parle...

C'était ça mon coup de Jarnac, j'avais remarqué un gribouillis rigolo sur ce fameux billet : le Petit Prince, planté au bord du monde, criait : « À bas l'argent ! »

Le visage de la fille s'est décomposé. Elle a eu un mouvement de la main comme pour protéger son porte-monnaie. J'ai su qu'elle s'était trahie et que monsieur Gris me croyait rien qu'au ton qu'il a eu pour lui demander :

— C'est vrai, Jodie ?

Elle n'a rien répondu. Comme réponse, sa tête suffisait.

Il nous a regardés encore et m'a dit :

— Attends-moi ici. Je veux parler à Jodie. Ne t'en va pas, hein ?

Je hoche la tête. Ils sortent tous deux par le couloir qui va au bureau des maîtres-nageurs. Moi, j'attends, en me demandant qui c'est cette Jodie. Sûrement quelqu'un de la famille, puisqu'on la laisse tenir la caisse de la piscine...

Je commence à m'embêter ferme, et j'ai bonne envie de partir quand monsieur

Gris revient, seul. Il a un air accablé et soucieux. Tout de suite, il me tend une pièce de dix francs.

— Tu avais raison, dit-il de but en blanc. Pour aujourd'hui, et pour la cagnotte du club l'autre jour. Jodie a avoué.

Un gros poids me tombe du cœur ; j'écoute à peine monsieur Gris qui m'explique combien il est désolé, et qu'il n'aurait jamais cru sa nièce capable de profiter cyniquement de la confiance qu'on lui faisait pour taper dans la caisse de toutes les façons possibles, chaque fois que l'occasion se présentait...

— Je crois... qu'elle ne se rend pas compte, dit-il avec effort. On dirait que pour elle c'était un jeu... Qu'elle voulait voir jusqu'où elle pourrait aller sans se faire prendre...

— Ce n'est pas la question des dix francs, dis-je, c'est pour...

Juste au moment où je vais dire son nom, qui pousse la porte de la piscine ? Foufouille ! Il a dû suivre le conseil que je lui avais donné, de revenir s'expliquer à nouveau... Lui aussi ouvre de grands yeux en me découvrant en grande conversation avec monsieur Gris. Mais on n'a pas le temps de se parler, car à peine celui-ci voit-il Foufouille qu'il se précipite vers lui.

— Ah ! dit-il, tu tombes à pic. Je voulais te voir. Je tiens à m'excuser... de ce que je t'ai dit l'autre jour. Pour l'argent qui avait disparu. Je sais que ce n'est pas toi et je suis désolé... de t'avoir accusé... d'avoir cru... Enfin je te présente mes excuses.

Le visage de Foufouille s'illumine. Il n'a qu'un cri.

— Alors je pourrai aller au voyage ?

— Oui, bien sûr. Évidemment.

Monsieur Gris me regarde et ajoute avec effort :

— Je t'ai dit que Jodie est ma nièce. J'aimerais mieux... que ce qu'elle a fait... ne s'ébruite pas.

— On ne dira rien, dis-je. Parole.

— On ne dira pas quoi ? demande Foufouille.

— Ton frère t'expliquera, répond monsieur Gris. C'est grâce à lui que... j'ai découvert ton innocence. Foufouille, excuse-moi, mais allez-vous-en, maintenant... J'ai des choses à voir.

Il a l'air triste et embêté, je comprends pourquoi. Notre papa aussi avait souvent cet air-là, dans la période où Foufouille faisait des sottises. Je me sens désolé pour lui, mais comme on n'y peut rien, Foufouille et moi on sort de la piscine et on marche lentement jusqu'à nos vélos. Foufouille me regarde, l'air radieux :

— C'est vrai ? C'est toi qui as trouvé le vrai voleur ?

— Ben, qu'est-ce que tu crois ! Je te l'avais dit ! Ça t'épate ?

— Ça oui ! répond Foufouille, et il éclate de rire. Personne n'a un rire aussi joyeux que Foufouille quand il est joyeux.

Dans ma main, je fais sauter la pièce que monsieur Gris m'a rendue.

— Oh, dit Foufouille, t'es riche ! Tu sais ce que tu ferais si tu étais gentil ? Mais, alors, vraiment gentil ?

Quand Foufouille fait le câlin, impossible de résister. C'est comme ça qu'il m'a placé son dernier billet de tombola, le n° 138, et que le jour du tirage, on a gagné le robot ménager.

Si tu as aimé ce livre, tu peux lire aussi de Marie et Joseph :

Collection Mini Souris noire :
— *Le refuge des p'tits-tout-seuls*
— *Le crime de Cornin Bouchon*
— *Le nouveau crime de Cornin Bouchon*
— *Le mariage de Cornin Bouchon*

Collection Souris noire :
— *La dernière course d'Atalante*
— *Aladdin et le crime de la bibliothèque*
— *Aladdin et la gare de Norvège*
— *Aladdin et la course au caillou*
— *Aladdin et Mister Mystère (à paraître en 2002)*

Dans la même collection

1. **Le chat de Tigali**
Didier Daeninckx
2. **Qui a tué Minou Bonbon ?**
Joseph Périgot
3. **Pas de pitié pour les poupées B.**
Thierry Lenain
4. **On a volé le Nkoro Nkoro**
Thierry Jonquet
5. **Crime caramels**
Jean-Loup Craipeau
6. **Un chaton dans la souricière**
Michel Piquemal
7. **Les doigts rouges**
Marc Villard
8. **Le refuge des ptits-tout-seuls**
Marie et Joseph
9. **La pêche aux caramels**
Joseph Périgot
10. **Le crime de Cornin Bouchon**
Marie et Joseph
11. **Pas de whisky pour Méphisto**
Paul Thiès
12. **Le monstre du lac noir**
Hervé Jaouen
13. **Sèvres-Babylone**
Gérard Carré
14. **Cœur de pierre**
Philippe Dorin
15. **Nono**
Pascal Garnier
16. **L'assassin habite à côté**
Florence Dutruc-Rosset
17. **L'oasis d'Aïcha**
Achmy Halley
18. **Un marronnier sous les étoiles**
Thierry Lenain
19. **Les passants de Noël**
Jo Hoestlandt
20. **Lili bouche d'enfer**
Pascal Garnier
21. **Une journée pleine de secrets**
Jo Hoestlandt
22. **Quand j'aurai un grand frère**
Geneviève Senger
23. **J'ai tué mon prof**
Patrick Mosconi
24. **Un oiseau est mort**
Joseph Périgot
25. **Trois fêlés et un pendu**
Jean-Hugues Oppel
26. **Mémé méchante**
Stéphanie Benson
27. **Apprenti citoyen**
C. Poslaniec/M. Boisteau
28. **Le foot en règles**
Y. Pinguilly/F. Cestac

Dans la même collection

29. **Le tennis en règles**
S. Metzger/P. Petit Roulet

30. **La nuit du voleur**
Hubert Humbert

31. **Toyota Baraka**
Michel-Julien Naudy

32. **Le nouveau crime de Cornin Bouchon**
Marie et Joseph

33. **Un cafard pas possible**
Dorine Bertrand

34. **Peter, moi et les autres**
M.-E. Lips

35. **Armand chez les Passimpas**
Olivier Mau

36. **Le cornichon**
Joseph Périgot

37. **Couleurs bonheurs**
R. Causse/C. Dalnoky

38. **Le petit poète**
R. Bacri/Wozniak

39. **Aubagne la galère**
Hector Hugo

40. **La valise oubliée**
Janine Teisson

41. **Des poux dans ma téci**
Claire Nadaud

42. **Ma grand-mère d'ailleurs**
Leny Werneck

43. **Le bonhomme m'a dit**
Béatrice Nicodème

44. **Armand dur à cuire !**
Olivier Mau

45. **Petit lexique des superstitions**
M.-C. Delmas/M. Cabanes

46. **Moi, faut plus me raconter d'histoires**
Thomas Scotto

47. **Je suis amoureux d'un tigre**
Paul Thiès

48. **Omar et Juliette**
Hector Hugo

49. **Qui veut la peau de l'anaconda ?**
Nathalie et Yves-Marie Clément

50. **Le mariage de Cornin Bouchon**
Marie et Joseph

51. **Armand et le commissaire Magret**
Olivier Mau

52. **Noémie superstar !**
Anne-Laure Bondoux

53. **De ma téci, je t'écris**
Claire Nadaud

54. **Des souris plein l'école**
Dorine Bertrand

55. **Grand-mère Mambo**
Hélène G. Couturier

56. **Armand pique sa crise**
Olivier Mau

56. **Le petit napperon rouge**
Hector Hugo

Dans la même collection

57. Vincent l'invisible
Thomas Scotto

58. Le boubou du marabout
Alain Korkos

59. Pas de myosotis pour Miss Bérénice
Alain Korkos

60. Aller chercher Medhi à 14 heures
Jean-Hugues Appel

61. Armand sur canapé
Olivier Mau

62. À feu et à sang
Olivier Thiébaut

63. On a volé mon vélo
Éric Simard

64. Didi des Caraïbes
Hervé Mestron

65. Armand sous les tropiques
Olivier Mau

66. Mère : détective privée
Sigrid Baffert

67. Mort aux crocos !
Yves-Marie Clément

68. La plus longue rédaction du monde
Achmy Alley

69. La gardienne des tortues
Martine Dorra

70. Le couteau de pépé
François Braud

71. Le voleur de bicyclette
Leny Werneck

72. Armand contre Joe Lateigne
Olivier Mau

73. Armand et la grosse dinde de Noël
Olivier Mau

74. Le cimetière des éléphants
Maryse Lamigeon

75. Le bateau qui pleure
Yves Pinguilly

Illustration de couverture : Antonin Louchard
Dessin de la Souris noire : Lewis Trondheim
Maquette : Didier Thimonier

Composition : DV Arts Graphiques, à Chartres
Imprimé par Campin, à Tournai (Belgique)
Dépôt légal : janvier 2002
Loi n° 49.956 du 16.07.1949
sur les publications destinées à la jeunesse